# Gente pequena, **GRANDES SONHOS**™
# COCO CHANEL

Escrito por María Isabel Sánchez Vegara

*Gente pequena,* **GRANDES SONHOS**™
# COCO CHANEL

Ilustrado por
Ana Albero

Essa é a história da pequena Gabrielle, que quando adulta se tornou Coco Chanel.

Mas Coco tinha um dom especial.
Gostava de costurar com agulha e dedal.

E quando dormia, adivinhe o que acontecia...

A uma amiga especial fez um chapéu, por acaso.
Era diferente, não parecia um vaso.

Fez tantos chapéus que abriu uma chapelaria.
Alguma coisa especial neles havia.

As mulheres da época, com rendas e corpetes,
não podiam nem sequer comer um croquete.

Coco decidiu passar à ação:
seus lindos vestidos chamariam atenção!

Por fim, o dia do primeiro desfile chegou.
Para algumas, foi um disparate o que ela apresentou.

Mas Coco demonstrou que para ser elegante não são necessários adornos nem lantejoulas brilhantes.

Por isso, todos hoje se lembram da pequena Gabrielle como a grande estilista Coco Chanel.

# COCO CHANEL

(Saumur, 1883 – Paris, 1971)

1932                                       1936

Coco Chanel foi uma das estilistas mais famosas. Nasceu em um hospital público com o nome de Gabrielle Chanel e cresceu em uma casinha num povoado francês. Depois da morte de sua mãe, quando Gabrielle tinha onze anos, foi mandada para um convento, onde aprendeu a costurar. Ao terminar os estudos, começou a trabalhar durante o dia como costureira de um alfaiate. E, à noite, cantava em uma produção. Desde então, algumas pessoas passaram a chamá-la de Coco.

1937                          1962

Em 1908, começou a confeccionar chapéus e, em pouco tempo, abriu seu primeiro negócio em Paris. Logo depois, abriu mais lojas e começou a vender não apenas chapéus, mas também roupas. Seus desenhos simples e elegantes, que eram mais retos e mais curtos do que o normal, e libertaram as mulheres do corselete, arrasaram. Em 1918, abriu uma casa de alta costura na rua Cambon, 31, e, três anos depois, lançou seu primeiro perfume, Chanel No. 5. Tornou-se um ícone mundial da moda e seu estilo fácil de manter mudou as roupas femininas para sempre.

Se você gostou da história de

# Coco Chanel

também venha conhecer...

# Outros títulos desta coleção

ALBERT EINSTEIN
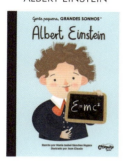

MARY SHELLEY
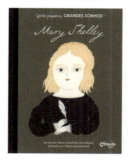

MADRE TERESA

MALALA YOUSAFZAI
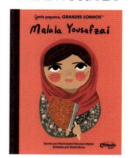

FRIDA KAHLO

STEPHEN HAWKING

NELSON MANDELA
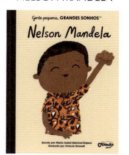

JOHN LENNON

ROSA PARKS
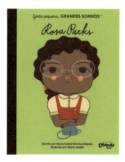

ANNE FRANK

CHARLES DARWIN
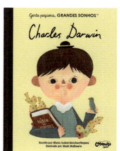

PELÉ
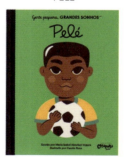

MARIE CURIE

MAHATMA GANDHI
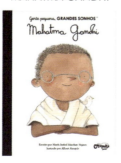

DAVID BOWIE
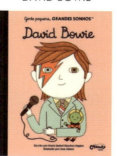

AYRTON SENNA

Gente pequena, **GRANDES SONHOS**™ *Coco Chanel*
María Isabel Sánchez Vegara
Ilustrações: Ana Albero
Título original: *Pequeña* **&GRANDE**™ *Coco Chanel*

Coordenação editorial: Florencia Carrizo
Tradução: Carolina Caires Coelho
Revisão: Bruno Anselmi Matangrano
Diagramação: Pablo Ayala

Primeira edição. Segunda reimpressão.

## Catapulta

R. Passadena 102
Parque Industrial San José
CEP: 06715-364
Cotia – São Paulo
E-mail: infobr@catapulta.net
Web: www.catapulta.net

ISBN 978-65-5551-009-6

Impresso na China em julho de 2024.

---

Vegara, M. Isabel Sánchez
　　Gente pequena, grandes sonhos. Coco Chanel / M. Isabel Sánchez Vegara ; ilustrado por Ana Albero ;[tradução Carolina Caires Coelho].
-- Cotia, SP : Catapulta, 2021.

　　Título original: Pequeña & grande. Coco Chanel
　　ISBN 978-65-5551-009-6

　　1. Chanel, Coco, 1883-1971 - Literatura juvenil 2. Estilistas de moda - Biografia 3 Literatura infantojuvenil I. Albero, Ana. II. Coelho, Carolina Caires. III. Título.

20-42927　　　　　　　　　　　　　　　　　　　　　　　　　　CDD-028.5

Índices para catálogo sistemático:
　1. Chanel, Coco : Literatura infantil　028.5
　2. Chanel, Coco : Literatura infantojuvenil　028.5
Aline Graziele Benitez - Bibliotecária - CRB-1/3129

© 2021, Catapulta Editores Ltda.
Copyright do texto ©2014 María Isabel Sánchez Vegara
Copyright das ilustrações ©2014 Ana Albero
Ideia original da coleção María Isabel Sánchez Vegara, publicada por Alba Editorial, s.l.u.
Pequeña&Grande / Little People Big Dreams são marcas registradas da Alba Editorial s.l.u. e Beautifool Couple s.l.

Fotografias (pág. 28-29, da esquerda para a direita) 1. Desenhista francesa Gabrielle "Coco" Chanel (1883-1971) em um hotel de Londres, 1932 © Keystone Pictures USA - Alamy / 2. Coco Chanel, modista francesa. Paris, 1936 LIP-283 © Lipnitzki-Roger Viollet-Getty Images / 3. Foto © Pictorial Press Ltd / Alamy 4. Foto © Keystone Pictures USA / Alamy

Primeira edição no Reino Unido e nos Estados Unidos em 2016 pela Quarto Publishing plc'.
Primeira edição na Espanha em 2014 por Alba Editorial, S.L.U.

*Livro de edição brasileira.*

*Nenhuma parte desta obra poderá ser reproduzida, copiada, transcrita ou mesmo transmitida por meios eletrônicos ou gravações sem a permissão, por escrito, do editor. Os infratores estarão sujeitos às penas previstas na Lei nº 9.610/98.*